Gedicht dem Gedächtnisse des Herrn von Hagedorn gewidmet

Justus Friedrich Wilhelm Zachariä

Gedicht dem Gedächtnisse des Herrn von Hagedorn gewidmet

3] Als *Hagedorn* sein Haupt hin in die Nacht geneiget,

Und in Germanien, durch seinen Tod gebeuget,

Des Mitleids Thräne floß, die Thräne, die uns ehrt,

Wenn sie die Asche netzt, der sie mit Recht gehört;

Kam die Melancholey auf schwarzen Rabenschwingen,

Und gab mir den Befehl, des Dichters Tod zu singen.

[4] Ich nahm die Leyer hin; die feyerliche Nacht,

Die schweigend um mich hieng; hob mich mit stiller Macht.

Doch plötzlich lispelte die Mus' in meine Lieder:

Verwegner! lege nur die schwache Leyer nieder;

Ein Lob auf *Hagedorn?* – Dies Lob ist dir zu schwer;

Wer ihn besingen will, sey erst so groß, wie Er.

Die Leyer sang nicht mehr. Allein mit starkem Flügel

Trug mich die Phantasie zum frischen Todtenhügel,

Den über seiner Gruft die Freundschaft aufgehäuft.

Ein Schauder, wie er uns in Grotten oft ergreift,

Wo stolze Könige, die Furcht und Lust der Erden,

Gleich uns im Staube ruhn, gleich uns vergessen werden;

Ein Schauder faßte mich. Voll Ehrfurcht, starr und bleich,

[5] Sah ich auf seine Gruft; dem stummen Marmor gleich,

Der auf ein werthes Grab voll Schmerz herunter siehet,

Doch auch als Stein uns rührt, und Mitleid auf sich ziehet.

Mein Geist empfand indeß, daß eine fremde Kraft

Mein Aug erheiterte; mit höhrer Eigenschaft

Sah mein erstaunter Blick, daß göttliche Gestalten,

Mit stillem schwarzen Pomp, zu seinem Grabe wallten.

Ein stilles Rauschen gieng durch den Cypressenbaum,

An den ich mich gelehnt; ich sah mehr, als im Traum;

Die Muse merkte sich die bangen Klagelieder,

Und sagt sie nicht so schön, allein getreulich wieder.

Ein göttliches Gesicht, voll Anmuth und voll Pracht,

Mit Lorbeern um das Haupt, nahm ich zuerst in Acht.

[6] Die deutsche *Dichtkunst* wars. Der Augen holdes Feuer

Losch eine Thrän' itzt aus; ihr Haupt sank auf die Leyer

In tiefe Schwermuth hin; zerrissen flog ihr Kleid,

Und ihr Gefolge war in gleicher Traurigkeit.

Ich sah *Hammonien* bestürzt zu ihren Füssen;

Ich sah der *Freundschaft* Aug' in heissen Thränen fliessen;

Die *Fabel,* die *Moral,* die *Ode* stand betrübt;

Sie sahn auf dessen Grab, der sie zugleich geliebt.

Die *Dichtkunst* brach also das feyerliche Schweigen:

»Hier ruht mein *Hagedorn!* Nichts konnte mehr mich beugen,

Als eines Dichters Tod, den nur der Nachruhm trieb;

Der stets gedankenvoll, stets rein und gleich sich blieb.

Wie lange hat voll Stolz mir Deutschland widerstanden!

Wenn Rechtsgelehrsamkeit und Weisheit Geister fanden,

[7] Von deren hohen Ruhm die spätste Nachwelt spricht;

So lag mein Reich zerstört; so schallte kein Gedicht,

Von Gratien beseelt, in Deutschlands Grenzen wieder.

Zu meinem Schimpf hört ich des Meistersängers Lieder.

Und seit mein *Boberfeld*[1] die gothsche Dunkelheit

Gleich einer Nachtigall mit seinem Lied erfreut;

Seit dem ein *Flemming, Dach,* und *Tscherning* mir gesungen,

Seit dem ward ich aufs neu vom schwachen Thron verdrungen.

Germanien vergaß, daß einst ein *Opitz* sang,

In edler Einfalt groß, und richtig, ohne Zwang.

Die Dichtkunst ward ein Spiel von Namen und von Lettern.

Ein schwülstger *Lohenstein* verlohr sich in den Wettern,

Von Bombast aufgethürmt, und blitzte leeren Schein;

[8] *Armin* ward ein Pedant, und sprach wie Lohenstein.

Er machte den *Cothurn* zur lächerlichsten Stelze;

Verzierte, was er sprach, mit Demant, Gold und Schmelze;

Da *Hofmannswaldaus* Held, zur Unzeit fein und spitz,

Von Wortspiel überfloß, und taumelte vor Witz;

Das Herz geruhig ließ, und zu gefallen dachte,

Wenn sein gemeiner Held Zweydeutigkeiten machte.

Ein schlimmres Alter kam mit einem stillern Lauf.

Die matte Prosa warf an meiner Statt sich auf;

Der platte *Neukirch* blieb im niedern Staube kleben,

Und *Besser* wagte nie sich edel zu erheben.

Wie manchen guten Kopf nahm diese Krankheit ein!

Geist und Gedankenleer, hieß rein und fliessend sehn.

Umsonst schwang *Canitz* sich von diesem Dichterpöbel;

[9] Umsonst brach *Günthers* Stral der Dummheit dicken Nebel;

Sein kühner Lied verderbt der Sitten Niedrigkeit;

Und Deutschland ward aufs neu der Dummheit eingeweiht.

Ihr Tempel wimmelte von kriechenden *Talandern,*

Von *Hunolds* und *Corvins,* von spasenden *Pikandern.*

Bey Wieg', und Sarge war der Deutschen Phöbusgeld,

Der Reimer stand bereit für Handwerksmann und Held.

In dieser Barbarey, fast finsterer und schlimmer,

Als jene gothische, brach, wie des Morgens Schimmer,

Ein besserer Geschmack durch jene lange Nacht,

Die zu der Nachbarn Spott den deutschen Witz gemacht.

Der Musen mächtger Reiz erwarb aufs neu sich Freunde.

Uns unterrichteten Franzosen, unsre Feinde.

Ein schöpferischer Geist flog kühnen Britten nach,

[10] Mein *Haller* ging die Bahn, die niemand vor ihm brach:

Der Reim vermochte nicht den Dichter einzuschränken,

Sein volles Lied bewies, der Deutsche könne denken.

Mit gleichem eignen Schwung stieg *Hagedorn* empor.

Sein Reim, voll Harmonie, entzückte Deutschlands Ohr;

Horaz gab ihm den Ton zu seiner neuen Leyer;

Und *Pope* blies in ihn ein edelmüthges Feuer.

Sein starkes Lied verrieth des Dichtergottes Stral;

Er ahmte glücklich nach, und ward Original.

O welches wahre Lob ist ihm der Kenner schuldig!

Er dachte kühn und wahr, und besserte geduldig,

Und feilte seine Schrift durch manches Probejahr

So lange, bis der Reim auch ein Gedanke war.

Sey stolz, o *Gallien,* auf *La Fontainens* Lieder.

[11] Uns sang sie *Hagedorn* nicht minder reizend wieder.

Und welchen Schwung gab er der deutschen Ode nicht!

Bald sprach sie, wie im Zorn der laute Donner spricht;[2]

Sang bald der *Alster* Reiz; des Liebesgottes Kriege;

Und bald ein braunes Haar, und blauer Augen Siege.

Der freye Rundgesang, und selbst das Vaudevil

War voll Natur, kroch nie, war edel, und gefiel.

Doch komm, und nahe dich, du schönste seiner Musen,

Moralsche Sängerinn, und nimm an meinem Busen

Kuß und Umarmung an. Durch dich müst' er allein

Der spätsten Nachwelt noch als Dichter schätzbar seyn.

Wie lehrt sein *Weiser* nicht ein falsches Gut verachten!

[12] Wie lehrt die *Freundschaft* uns nach einem Herzen trachten,

Das treu, wie Pylades, stark, wie sein *Bruder* liebt,

Und so ein Lob verdient, wie *Hagedorn* ihm giebt.

Dies war der edle Geist, den unsre Thräne klaget!

Dem nie Germanien sein ganzes Lob versaget,

Der bey dem größten Lob doch stets bescheiden blieb;

Der glühte, wenn er las, und bebte, wenn er schrieb.[3]

Die Zähren über ihn sind unerkaufte Zähren.

Allein wie wenig kann ihn Deutschland noch entbehren!

Der wankende Geschmack verlieret ihn zu früh,

Da oft die Prosa noch, trotz aller unsrer Müh,

[13] Den matten Vers beherrscht; da noch viel *Neukirchs* leben,

Und hundert Schüler noch den grossen *Duns* erheben.

Wofern dein grosser Geist noch auf die Erde sieht,

So sieh voll Mitleid an, wie wild die *Dummheit* glüht,

Sobald ein Dichter spricht, wie andre Völker sprachen,

Die mit Freymüthigkeit des Reimes Fessel brachen.

Indessen herrschet *Duns,* als ihr getreuer Sohn.

Was nur Metapher heißt, und andre Völker schon

Zur Prosa sich gemacht, das ist ihm übertrieben,

Und wer nicht schreibt wie er, hat Schwärmern gleich geschrieben.

Allein sein Lob ist Schimpf, sein Tadel nur ist Lob.

Der war des Lorbeers werth, den *Hagedorn* erhob.

Ein scharfer Kritikus war er bey seinen Fehlern,

[14] Doch nie trieb ihn ein Neid der andern Ruhm zu schmälern;

Zu früh stirbt er für mich, und für sein Vaterland,

Das ihm die Lorbeern schon zu künftgen Preisen band.

Du weinst, *Hammonia?* Du hast auch Recht zu weinen!

Die *Freundschaft* wird mit dir ihr Klagelied vereinen;

Er war dein Schmuck, ihr Ruhm. Ehrwürdger *Zimmermann,*

Und *Carpser* und von *Bar,* ihr saht in ihm den Mann

Von wahrer deutscher Treu: Du, *Müller,* wirst es sagen,

Und *Wilkens,* daß wir noch mehr als den Dichter klagen.

Zum letztenmal sahst du, o *Ebert,* deinen Freund.

Und du, o *Gieseke.* Die ihr sein Herz beweint,

Ihr edlen Wenigen, sagt, (denn wer kannt ihn besser?)

[15] So groß der Dichter war, war nicht der Mensch noch grösser?

Und war sein Umgang selbst nicht seinem Liede gleich,

Groß, edel, sanft und hold, an tausend Anmuth reich?

Voll von Gelehrsamkeit, voll wahrer Wissenschaften,

Sah auch der Hofmann nichts von Schulstolz an ihm haften.

Sein Umgang war dennoch ein steter Unterricht,

Und was er lachend sprach, war oft ein Sinngedicht.

Ihr sahet ihn so oft in dem geheimern Leben,

Verdiensten ihren Rang, sein Lob der Tugend geben;

Ihr saht ihn immer groß, und freundschaftlich, und frey:

Der wahren Weisheit Freund, und Feind der Heucheley.

Mich dünkt, ich höre noch die edle Menschenliebe,

Die sanft, voll Wohlthun spricht; die jeder Großmuth Triebe

[16] Für dich, o *Fuchs,*4 erregt; und aus der Dürftigkeit

Mit brittschem Edelmuth verkannten Witz befreyt.

Auch hierinn *Popen* gleich, Talente zu erheben,

Und stets zuerst sein Lob dem Würdigen zu geben.

[17] O du, die Zierde nicht von *Hamburg* nur allein,

Du Stolz *Germaniens,* laß dir die Kröne weihn,

Die dir zuerst gehört, und sieh auf deine Brüder,

Ein irrend schwaches Volk mit hohem Mitleid nieder!

[18] Wie ängstlich fürchten sie, zu stark, zu kühn zu seyn,

Und ziehn beym kleinsten Wind die Segel wieder ein.

Da andre sich zu früh mit *Miltons* Kräften messen,

Zu viel bey Engeln sind, und Menschen drum vergessen;

Auf lauter Donner, Sturm, und Wirbelwinden gehn,

Und lauter Scenen nur aus andern Welten sehn.

Sey du der *Genius* von deinem Vaterlande.

Entflamme jeden Geist, daß er nicht dir zur Schande

Die Reime ganz verschmäht, noch ohne Reim nichts schreibt;

Da der, der glücklich denkt, in beyden Dichter bleibt.

Begeistre den Gesang der dichterischen Jugend;

Ihr Lied sey voll Verstand, doch reicher noch an Tugend.

Unedler Reime Lob verfliegt, wie es entsteht,

Kein Niederträchtiger, kein Dummkopf heißt Poet.

[19] Ein kühner Adlersflug bringt uns nur zu den Sternen.

Laß sie vom *Gallier* und von den *Britten* lernen,

Die Göttersprache sey des Pöbels Sprache nie,

Und nie sey Kühnheit Schwulst, noch Prosa Poesie.

Dein Beyspiel bessere, was *Neukirchs* Schaar verdorben;

So sind wir deiner werth; so bist du nicht gestorben,

Und lebst im Dichter noch, der durch dich edler brennt,

Nicht *Hallers* Muse schmäht, noch Dichten schwärmen nennt.«

So sprach die *Poesie;* und das, was sie gesprochen,

Ward oftermals von ihr mit Seufzern unterbrochen.

Sie schwieg, und sie verschwand, wie des Gefolges Pracht,

Den leichten Schatten gleich, unmerklich in die Nacht.

Fußnoten

1 Martin Opitz von Boberfeld.

2 Siehe in seinen Moralischen Gedichten die Schriftmäßigen Betrachtungen.

3 S. Popens *Essay on Criticism.* V. 197. *Glows while he reads, but trembles as he writes.*

4 Herr *Gottlieb Fuchs,* der seit einigen Jahren Prediger in Sachsen ist, und sich unter dem Namen des *Bauernsohnes* durch verschiedne glückliche Gedichte bekannt gemacht hat; kam ohne Geld und Gönner nach Leipzig, seine Studien daselbst fortzusetzen. Er fiel allda einem unsrer grösten Dunse in die Hände, der durch seine marktschreyerische Art, mit seinen Verdiensten um Deutschland zu prahlen, und durch die kleinen niedrigen Mittel jemanden zu seiner Parthey zu ziehen, genug bezeichnet ist. Dieser Mann, der wol eher versucht hatte, mit einem alten Rocke Leute zu bestechen, für ihn zu schreiben, dieser Mann war klein genug, Herr Fuchsen monathlich eine solche Kleinigkeit zu geben, die man sich schämt hier auszudrücken, und die er kaum dem gemeinsten Bettler hätte geben können. So bald er indessen erfuhr, daß Herr Fuchs in die Bekanntschaft mit einigen andern rechtschaffnen Leuten gekommen war, die er nicht zu seiner Parthey zehlen konnte, so war er noch niederträchtiger und nahm Herr Fuchsen die Kleinigkeit, die er ihm bisher gegeben. Herr Fuchs wurde sogleich von denenjenigen mehr als schadlos gehalten, durch die er um dieses erniedrigende Almosen gekommen war. Der seel. Herr *von Hagedorn,* dem diese Geschichte bekannt wurde, brachte durch seine edelmüthige Vorsprache, bei vielen Standespersonen, Hamburgern, einigen Engelländern, und besonders bei dem *Collegio Carolino* zu Braunschweig eine so ansehnliche Summe zusammen, daß Herr Fuchs künftig vor dem Mangel gesichert, seinen Studien auf eine anständige Art obliegen konnte. Siehe *H. von Hagedorns* Moralische Gedichte. S. 67 am Ende.